# Det Lineære Menneske

En novelle
af
**Michael Sørensen**

© 2017 – Michael Sørensen
bogsalg@youseeme.dk
www.michsorensen.dk
Forlag: Books on Demand GmbH,
København, Danmark
Fremstilling: Books on Demand GmbH,
Norderstedt, Tyskland
Bogen er fremstillet efter on-Demand-proces

ISBN 978-87-7188-367-1

Andre udgivelser af Michael Sørensen:

Blod (2013)
Arvingen (2014)
Besat (2016)

## 1.

Han gik langs linjen. Det havde han gjort, så længe han kunne huske. Det havde altid været en lige linje. Det havde aldrig været et sving, en bue eller en lille korrektion. Det havde alle dage været en lige linje. Vejret var altid med ham, når han gik langs den lige linje. Solen sad tilpas højt til, at det var behageligt at gå. En smule medvind hjalp ham på vej, men han mærkede den dårligt, for han fulgte bare den lige linje.

Hans frisure var den samme, som han altid havde haft. En svag sideskilning af hans blonde hår, der mødte den venstre tinding perfekt. Mellemkort i siderne og kort i nakken. Den perfekte frisure, hvis man spurgte ham. Det skete sjældent, at han blev spurgt. Hans påklædning var også upåklagelig. Et par fornuftige, men pæne, mørke sko, der matchede de mørke sokker, som ingen nogensinde kunne indvende noget mod. Bukserne, der ligeledes var mørke, havde den perfekte presfold, hvilket glædede ham, når han en sjælden gang kiggede ned af sig selv. Et mørkt læderbælte, separerede den mørke buks fra den fine hvide skjorte, der altid var nystrøgen og nydelig.

3

Det var aldrig rigtig koldt på den lige linje, så han havde aldrig haft brug for en jakke. Han tænkte faktisk aldrig på jakker, selv om han var pertentlig med sit udseende. Den markerede hage, der gik fint til de markerede kindben, blev kun afbrudt af hvide tænder, der oftest var blottet til et smil. Han smilede nemlig tit. Det kunne han godt lide, for det resulterede oftest i at folk smilede tilbage.

Folk gættede tit på, hvor gammel han måtte være. De ramte sjældent rigtigt, hvilket bare fik ham til at smile endnu mere. I det hele taget var han en glad mand. Han tænkte tit, at han måtte være en fornøjelse at kende. Hvem ville ikke kunne lide ham? Han var jo pænt klædt, havde pæne manerer og vandrede altid langs den lige linje.

Han mødte tit folk på sin vej. Så gik de sammen langs den lige linje, indtil deres veje skiltes igen. Så sagde han pænt farvel, nikkede og smilede bredt. En dag mødte han Sunds, som var en slank ung mand, der var uddannet elektriker, men mest af alt brugte sin tid på at drikke øl, ryge hash og sove længe. Han havde gået langs den lige linje, da Sunds kom hen til ham.

'Roland, har du en femmer til en bajer?' spurgte Sunds.

Det var ret typisk for Sunds, sådan at klatte sine penge væk, for så at måtte tigge om nogle flere, fra folk han mødte på sin vej. Roland kunne godt lide Sunds, så han klappede på sine lommer, som man nu gjorde, når man gerne ville signalere gavmildhed. En femmer fandt vej til Sunds hånd.

'Du er sgu altid sådan en god fyr!' kom det fra Sunds, der ikke lugtede så godt på denne dag. En blanding af sved og alkohol med en svag undertone af urin ramte Rolands næsebor. Han var et godt menneske, så han tog ikke notits af det. I hvert fald ikke udadtil. De to mænd gik sammen i stilhed. Sunds fulgte ikke linjen særlig godt, men han gjorde sit bedste. Mere kunne man ikke forlange.

'Hvorfor går du altid på den måde?' spurgte Sunds. Han pegede ned på kantstenene, der tilfældigt fulgte den lige linje, som Roland gik på.

'Er der en anden måde?' spurgte Roland. Han lød overrasket, for han havde ingen anelse om, hvorfor Sunds ville spørge ham om den slags.

’Det virker bare meget anderledes. Sådan lidt militært…’

’Hvis du med anderledes mener ordentligt, så har du også ret.’

Roland smilede til Sunds, der smilede nervøst tilbage. Sunds var ikke som Roland. Han var ikke velklædt. Han havde heller ingen sideskilning. De var meget forskellige.

’Jeg har mistet mit arbejde.’ fortalte Sunds. Det overraskede ikke Roland. En elektriker kunne ikke lugte af øl, sved og urin – og stadig forvente ansættelse. Det gav nærmest sig selv.

’Jeg har også mistet mit hjem. Jeg blev smidt ud i går.’

’Hvor bor du så henne?’ spurgte Roland. Han kunne ikke forestille sig, at nogen ville have Sunds boende i den tilstand.

’Ja, så bor jeg på gaden.’

Roland nikkede. Det måtte jo være sådan. Han ville gerne fortælle Sunds, at han havde ondt af ham, men det kunne han ikke så godt. Det ville jo kræve, at han stoppede med at gå på den lige linje. Det gik ikke!

## 2.

Roland havde ingen forestillinger på andre
menneskers vegne. Han levede sit liv og de måtte leve
deres. Det er nu engang sådan, at verden har sin gang,
havde Rolands mor sagt. Det havde hun ret i. Ingen
kunne stoppe verdens gang – og hvert menneske måtte
naturligt være sin egen lykkes smed. Han havde gået på
den lige linje i mange år, men han huskede især en
enkelt person, fra dengang hvor han startede sin tur.
Hun havde været en køn pige. De havde været
jævnaldrende. Hun hed Linnea. Hendes navn sendte
hans sansers indtryk år tilbage. Det havde været en
varm dag. En særdeles varm dag. Hendes hår havde
duftet af blomster. Hendes hud havde glitret i solen.
Hun havde haft en hvid kjole på. Den var ikke
gennemsigtig, men man kunne stadig se en antydning
af hendes krop gennem stoffet. Han havde nær stoppet
op for Linnea. Han havde nær forladt den lige linje.
Tanken bragte ham ud af drømmen om Linnea. Hun
havde forført ham med sin hud, sin kjole og duften fra
håret. Selv nu, mange år efter, kunne han få svedige
håndflader af tanken.

Hun havde gået med ham langs den lige linje i en tid. Han kunne huske hvert et ord. Hun havde spurgt efter hans navn. Han havde svaret, for det var den høflige ting at gøre. Han spurgte ikke efter hendes navn, som hun alligevel lod præsentere. Han havde hørt hendes navn runge i hovedet igen og igen. Det var smukt. Det var rigtigt.

'Hvad laver du?' spurgte Linnea.

Det var ikke den rigtige Linnea. Hun var blevet ældre. Det var han også. Alderen kan man ikke løbe fra, havde Rolands mor engang sagt. Han ville bede hende om at gå. Denne falske Linnea, der kun levede inde i hans hoved. Det var bare så rart, så hyggeligt og så befriende, at se på Linnea igen.

'Jeg går langs den lige linje.' svarede Roland.

Han havde overgivet sig. Falske Linnea måtte gerne gå sammen med ham.

'Er du ikke stoppet med det pjat?' drillede hun.

Han blev igen usikker på falske Linnea. Var hun nu en god idé? Der måtte være bedre ting, som han kunne tænke på? Medvinden? Det gode vejr? Den lige linje?

'Hvorfor svarer du mig ikke?'

Hun gav ikke op så let, hende den falske Linnea. Det kunne han, som udgangspunkt, godt lide ved hende.

'Fordi jeg ikke behøver at forklare mig selv.' svarede han kort. Det var et tyndt svar. Roland vidste det godt. Den slags svar lod hun sig ikke affeje med.

'Men er det godt for dig, Roland? Får du det ud af livet, som du vil have?'

Det sidste spørgsmål var insisterende. Roland bed tænderne sammen, for han følte intet behov for at retfærdiggøre sit liv. Det var hans liv. Han kunne gøre med det, som han havde lyst til.

'Er du glad, Roland?

Han var nær stoppet op. Han fortsatte imidlertid videre, for den lige linje var lige foran ham. Han havde åbnet øjnene, så han bedre kunne se linjen foran ham. Den var snorlige. Den falske Linnea havde han smidt ud af sit hoved. En ældre mand, der stod ved et busstoppested, hvor busserne ikke længerne standsede, nikkede høfligt til Roland. Han nikkede tilbage. Falske Linnea var nu kun et minde. Ligesom den ægte Linnea.

3.

'Vidste du, at når universet udvider sig, kommer der nye små planeter hver eneste dag?'

Roland kunne ikke argumentere mod den slags. Han anede meget lidt om universet. Det gjorde Janus imidlertid. Rigtig meget endda. Janus var et barn, som ingen rigtig kendte alderen på. Han havde stribet hår, buskede øjenbryn og et hareskår ved overlæben, der gjorde det endnu mere umuligt at anslå hans alder.

'De nye planeter stopper aldrig.' konstaterede Janus. Det havde Roland intet at indvende imod.

'De bliver bare flere og flere, for universet udvider sig jo også.'

Det fik Roland til at tænke over, hvordan livet måtte være, hvis man boede på en helt ny planet. Kunne man følge den lige linje – eller var der overhovedet en lige linje, hvis planeten var helt ung?

'Du ved meget om universet.' svarede Roland til sidst. Han havde ikke så meget andet at sige.

'Viden er magt, Roland. Den der ved mest, kommer bedst gennem livet.' svarede Janus.

Det kunne Roland heller ikke rigtigt modsige. Det vidste han alt om. Meget mere, end han vidste om universet.

'Skal du så være astronom, når du bliver voksen?'

Janus fortsatte med at gå, mens han kiggede skævt op på Roland.

'Altså, når du nu ved så meget om universet?' fortsatte Roland. Han ville ikke fornærme sin unge ven, men det lå jo lige til. Det måtte naturligt være næste skridt, hvis Janus skulle gå på den lige linje.

'Jamen, jeg skal ikke lave noget, når jeg bliver voksen!'

Det overraskede alligevel Roland. Han havde hørt meget i sit liv, men han havde aldrig oplevet en dreng, der ikke ville lave noget, når han blev voksen.

'Jeg kommer til at have en masse penge. Hvis man har penge, behøver man vel ikke at lave noget?' konkluderede Janus.

'En masse penge?' spurgte Roland.

Han ville gerne forstå Janus, for det var i alles interesse, hvis en modtager gjorde sit ypperste, når beskeden ikke var tydelig fra afsender. Folk, der lytter – er folk, der tænker. Det havde Rolands mor tit sagt.

'Mine forældre arbejder rigtig hårdt. De står op klokken seks, kommer hjem klokken seks og resten af tiden snakker de i telefon med deres arbejde.' forklarede Janus. Det var ikke svært at forstå for Roland. De lød som gode, kloge og interessante mennesker, der også havde valgt at gå på den lige linje.

'Når de så bliver gamle, så har de arbejdet så hårdt, at de alligevel dør unge...' fortsatte Janus ufortrødent. Roland nikkede. Han forstod godt, at frugten af godt og hårdt arbejde, nogle gange kunne ende med at blive sur og dårlig. Alle mennesker var ansvarlige for hver deres frugt. Passede man ikke godt nok på sin frugt, ville man miste den for tidligt.

'Så derfor arver jeg så alle de penge, som de har tjent gennem hele livet. På den måde behøver jeg ikke at lave noget.' afsluttede Janus.

Roland sagde ikke så meget. Han tænkte lidt over, hvad Janus havde fortalt ham.

Han måtte tage sine tanker om livets frugt op til revurdering. For her ved siden af ham gik unge Janus, der som sådan ikke havde sin egen frugt. I stedet ville Janus overtage frugten fra sine forældre, som ikke havde passet godt nok på deres egen frugt. Det var en ekstraordinær måde at anskue livets frugt på. Roland havde aldrig oplevet noget lignende, for Janus, som ingen kendte alderen på, havde simpelthen en lige linje i sit liv, der var så anderledes end hvad Roland kendte. Det var meget fascinerende, tænkte Roland. Meget fascinerende.

'Vidste du, at der kan være op til tyve planeter ligesom Jorden i vort univers?' spurgte Janus.

'Det anede jeg ikke!' svarede Roland kort. Han tænkte stadig på Janus, livets frugt og hvordan den lige linje stadig kunne overraske ham.

# 4.

Et normalt tænkende menneske, kan ikke bare tilslutte sig en overbevisning uden videre. Det var sådan Roland havde det med mange ting i livet. Man måtte være tro mod sine egne overbevisninger, for dem man blev påduttet var ofte falske og uærlige. Det var ikke uden årsag, at Roland tænkte på den slags netop denne dag. Ved siden af ham gik en politiker. Han repræsenterede et parti, en overbevisning og et uanet antal af meninger om alt og alting. Det interesserede Roland, når han kunne få lov til at lytte til en politiker. Interessen forsvandt imidlertid, når samtalen nåede til det punkt, hvor politikeren prøvede at tørre det hele af på Roland, som så skulle mene det samme som ham. Det var meget uvant for Roland, at skulle forholde sig til andres overbevisninger på egen krop. Han kunne ikke se fornuften i det, men alligevel stødte han tit på politikere, der prøvede at overbevise ham.

'Roland, har du slet ikke nogen mening om skatterne?' spurgte Eigil.

Roland kunne godt lide Eigil.

Han mødte ham hvert fjerde år, hvor Eigil gik sammen med ham på den lige linje. Ellers kunne han genkende Eigil fra de mange plakater af Eigils ansigt, der hang på gadelamper og træer alle vegne.

'Hvad skulle jeg mene om skatterne? Sker der noget med dem, hvis jeg mener noget særligt?' spurgte Roland. Han ville gerne holde samtalen på et niveau, hvor den foregik uden at handle om ham selv.

'Jamen, er de for høje eller for lave?' spurgte Eigil. Han var nem at tilgive, for han var jo politiker, så han skulle stille den type spørgsmål. Roland troede ikke, at Eigil var ude på at genere ham. Han ville bare så gerne dele sin overbevisning med andre.

'Jeg synes den er lige tilpas!' svarede Roland. Han smilede til Eigil, der ikke så tilfreds ud med svaret.

'Tilpas for hvad?'

'Lige tilpas for mig.' prøvede Roland igen. Han havde ingen problemer med skatterne og skatterne kunne umuligt have et problem med ham.

'Hvad betyder det, Roland? Vil du gerne betale til de dovne, til indvandrere og flygtninge? Hvad med alle de syge, der bare *spiller* syge?' spurgte Eigil.

Roland havde ikke svært ved at gennemskue, at Eigil var helt forfærdet ved tanken.

'Dem har jeg ikke noget imod at betale til. Pengene skal jo bruges på noget.' svarede Roland. Eigil var oprørt, hvilket Roland ikke kunne forstå. Det var jo det samme hver gang. Hvert fjerde år spurgte Eigil ham om en masse, og hvert fjerde år svarede Roland på de samme spørgsmål. Alligevel slog det Eigil helt ud.

'Roland, du er nødt til at tage stilling. Hvis man ikke tager stilling, kan man ikke brokke sig.' erklærede Eigil. Denne gang smilede han til Roland. Det var et hånligt smil, men Roland ignorerede det. Et smil er et smil, som Rolands mor så tit havde sagt.

'Så er vi enige, for jeg har ikke noget at brokke mig over.' svarede Roland.

'Der må da være noget! Hvad med grænserne? Skal de stå åbne - eller skal vi sætte foden ned?'

Det fik Roland til at tænke. Han satte jo foden ned hele tiden. Det var en stor del af at gå på den lige linje. Hvert et skridt, var et skridt i den rigtige retning, tænkte Roland.

'Jeg er ikke så vild med grænser. Er de ikke i vejen for folk?' svarede Roland, da han havde tænkt over spørgsmålet i en tid.

'I vejen? Hvad mener du? De er vigtige for vort land, for vor nation og for vor folkelighed!' rasede Eigil. Han var ikke en glad mand længere, konstaterede Roland for sig selv. Det måtte ikke være rart at være politiker. Al den vrede, surhed og arrigskab er ikke sundt for nogen.

'I vejen for dem, som skal over grænsen. Det må være generende, hvis man nu går på den lige linje.'

Eigil gav op. Roland kunne se, at den drevne politiker var nået til vejs ende med samtalen. Den havde også varet længere end for fire år siden. Roland glædede sig allerede til fire år senere, når han og Eigil igen kunne få sig en sludder. Han håbede, at Eigil ville være i et bedre humør til den tid.

5.

Når man gik på den lige linje, skulle man sjældent
bekymre sig. Der var en grund til at linjen var lige,
vinden var i ryggen og solen altid skinnede. Det hjalp
på de fleste bekymringer, så derfor bekymrede Roland
sig næsten aldrig. Den største bekymring han havde,
var egentlig ikke rigtig en bekymring. Det var mere en
uro i ham, for han forstod ikke, hvorfor folk ikke ville
gå med ham, når kalenderen stod på en særlig dag. For
ham var kalenderen bare en lang række dage, der
tilfældigt genstartede når man havde brugt 365 af
slagsen. Sådan var det ikke for alle mennesker. Folk
havde ugedage, helligdage, fødselsdage, bryllupsdage
og mærkedage af alle slags. De var så af den
overbevisning, at dagen i sig selv var særlig. Det forstod
Roland ikke. Dagen var helt den samme, som dagen
forinden. Det var folks opfattelse, der konstant var i
forandring, hvilket stressede dem mere end godt var.
Man kunne umuligt observere alle de dage, hvis man
skulle gå på den lige linje. Det var for mange
unødvendige følelser, der skulle indstilles til en særlig
dag, for så at forsvinde på den næstfølgende dag.

Det kunne Roland ikke med, så han havde ingen mærkedage. En dag mødte han en kvinde, der havde fødselsdag. Hun gik langs den lige linje, men sagde ikke så meget. Det generede egentlig ikke Roland, for han nød stilheden lige så meget, som han kunne nyde en god samtale. Når folk gik med ham, skulle de nok starte en samtale før eller siden. Det var i hvert fald Rolands erfaring.

'Det er min fødselsdag i dag.' sagde kvinden. Hun var ikke så høj, arbejdede i en reception og havde været gift i 21 år. Hendes mand og børn kendte alt til hende, men ville dårligt kendes ved hende. Roland så det tit med ægteskaber og parforhold. De blev slidt i stykker, som var de et par sko, der før eller siden måtte give op, når der ikke længere var flere kilometer tilbage i dem. Sådan var det med kvindens ægteskab. Sålerne var slidt op, overlæderet var revnet og snørebåndene var knækket.

'Tillykke med at du blev født.' svarede Roland. Han vidste godt, at kvinden ville have svært ved at forstå hans lykønskning, men var det ikke hvad man fejrede, når man nu holdt fødselsdag?

'Tak for det. Mine børn har glemt dagen.'

Hun sukkede dybt. Roland kunne fornemme, at kvinden havde svært ved livet. Hun havde bestemt ikke fulgt den lige linje, for der var ikke meget solskin eller medvind i hendes sind.

'Det er ellers tirsdag. En ud af syv forskellige ugedage. Dem glemmer man vel ikke lige?' konstaterede Roland i et spørgsmål. Kvinden grinede. Hun kunne åbenbart lide hans facon. Det glædede ham, for det var han ikke lige vant ved.

'Jeg fylder endda rundt.' sukkede kvinden. Roland fejrede ikke mærkedage, men han var kendt med begrebet.

'Tillykke med at din alder kan deles med ti!' svarede han helt umiddelbart. Kvinden grinede igen.

'Du er et sært menneske. Det er nu ikke så tosset, at møde sådan en som dig.'

Roland smilede til kvinden. Han elskede et kompliment, der var baseret på hans person. Det måtte jo betyde, at hans sti ud af den lige linje var det rigtige valg. Ikke at han nogensinde havde været i tvivl.

'Børnene er blevet så store. De tænker ikke på den slags længere. Der er jo altid så meget, som de skal nå i livet.'

Hun mente hvert et ord, der kom ud af hendes mund. Det forstod Roland ikke rigtigt.

'Hvorfor undskylder du for dine børn? Deler de din begejstring for mærkedage?' spurgte Roland. Han var nysgerrig, for det kunne jo være, at kvinden bare slet ikke forstod sin familie.

'Ja, vi holder da fødselsdag for dem hvert år!' udbrød kvinden indigneret. Roland nikkede. Han ville smile til kvinden, men hun havde ikke længere øjenkontakt med ham. Roland gættede på, at hun sandsynligvis kun var vred på ham, fordi han fortalte hende sandheden. Den var jo, som bekendt, ilde hørt.

'Måske du skulle lægge kortene på bordet?'

Hun kiggede op på ham med et uforstående blik. Denne gang kunne han smile til hende. Hun gengældte ikke hans venlige gestus.

'Hvad mener du? Hvilke kort?'

Roland fortsatte med at smile. De gik et par skridt videre, før han genoptog samtalen.

Han havde for mange år siden lært, at et øjebliks stilhed i enhver samtale, havde mere effekt end en endeløs ordstrøm. Det var som en pagt mellem samtalens afsender og modtager. En slags aftale om, at man lige tænkte, før der igen kunne blive ytret et ord.

'At der er en anseelig forskel i opfattelsen af din families fejring af mærkedage. At man måske skulle indgå et slags kompromis, hvor alle familiemedlemmer blev fejret med lige stor opmærksomhed – eller mangel på selvsamme?' forklarede Roland. Han havde ingen aktie i kvindens familie, fejrede ikke dennes mærkedage eller nærede ønske om, selv at skulle fejres i pågældende familie. Han var, hvad hans mor ofte havde kaldt, distanceret fra kvindens familie.

'Men hvad er så idéen med at holde fødselsdag for hinanden? Det er jo netop velviljen fra andre, der gør dagen særlig!' klagede kvinden.

'Jeg forstår det heller ikke. Konceptet virker ærlig talt tåbeligt, hvis man tænker over det.' svarede Roland. Det var nu engang hans ærlige mening, men den faldt ikke i god jord hos kvinden. Hun trak væk fra den lige linje.

Roland var usikker på, om kvinden overhovedet havde forsøgt at forstå ham. Havde han haft mere investeret i kvindens familie, havde hendes uhøflige opførsel generet ham, men det havde han gudskelov ikke, så han fortsatte ud af den lige linje.

## 6.

Når man er sat i en tankegang, kan man sjældent tage fejl. Så længe man begrænser udbredelsen af pågældende tankegang til eget liv og levned, kan det slet ikke gå galt. Det gjorde det heller ikke for Roland. Han havde for længe siden lært, at hans tankegang ikke nødvendigvis var moderne, gennemsnitlig eller allemandseje. Det var hans tankegang, hans liv og hans anskuelser. Det var derfor en usædvanlig dag på den lige linje den dag, hvor Roland mødte en engel. Han havde ikke tænkt over, om den slags overhovedet eksisterede. Det var der nogen, der troede på, gik meget op i og holdt meget af at udbrede. Fred være med dem, tænkte Roland. Hvorfor skulle de ikke have lov til at tro, tænke eller tilbede hvad og hvem de havde lyst til?

Han var ikke generet af noget af det, for på den lige linje var der medvind og solskin. Resten bekymrede han sig ikke om.

'Du er godt nok meget fin – og meget gennemsigtig!' sagde Roland. Den smukke engel smilede til Roland. Det var et sprog han forstod, så han smilede straks tilbage. Således fanget i et gensidigt smil, blinkede den smukke engel til ham. Roland anede ikke om englen var mand eller kvinde. Det spillede heller ingen rolle for ham. Den fine hvide kjole og de store vinger gav ingen sikker indikation af kønnet, hvilket kun gjorde Rolands interesse endnu større.

'Ved du hvornår den lige linje ender?' spurgte den hvide engel. Roland smilede bredt. Det var ikke så tit, at han blev gjort opmærksom på sin tur langs den lige linje.

'Den ender aldrig. Det er det smukke ved den lige linje.' svarede Roland. Det var en fornøjelse for ham, at kunne svare på den slags spørgsmål. Den hvide engel var tilfreds med Rolands svar.

'Jeg er overrasket over, at du eksisterer i virkeligheden.'

Han havde taget mod til sig. Det var ikke hverdagskost for Roland, at indrømme overraskelse eller tale direkte ud af posen fra det sted, som andre mennesker velsagtens kalder for hjertet. Han var heller ikke tryg ved det.

'Hvad er virkeligheden, Roland? Er du virkelighed? Er den lige linje?'

Roland brød ud i latter. Han var stadig benovet over den hvide engel, men det var en latterlig tanke, at denne engel kunne sætte spørgsmålstegn ved den lige linje.

'Er det din usikkerhed, der er årsag til latteren?' fortsatte den hvide engel.

'Nej, bestemt ikke. Det er din mangel på indsigt, som jeg griner af. Undskyld, hvis jeg lyder hånlig. Det var ikke min intention.' svarede Roland. Den hvide engel nikkede. Der var ingen nag mellem dem.

'Følg dit hjerte, kære Roland. Følg dit hjerte.'

Den hvide engel forsvandt, inden Roland kunne svare. Det afholdt ham dog ikke.

'Det behøver jeg ikke. Jeg følger bare den lige linje.'

7.

Når man går på den lige linje, mærker man ikke
tingenes tilstand. Problemer som arbejdsløshed,
forurening eller verdensøkonomi var alle termer, som
Roland kendte til. Han havde bare ikke noget behov
for at tage stilling til dem. De sameksisterede i stedet.
Roland var en del af en rejse, som kun han kendte, for
det var hans rejse. Problemerne i verden var en del af
et samfund, som Roland slet ikke kunne genkende eller
havde særlig lyst til at identificere sig med. I stedet lod
han samfundet komme til ham, hvis samfundet ville
ham noget. Det var sundt for Roland – og samfundet
blev hverken et værre eller bedre sted for sine mange
indbyggere – hvad enten Roland var en del af det eller
ej. Derfor var Rolands verden ikke berørt, da en
gammel sømand, der havde solgt små hatte til folk i
Thailand, konfronterede Roland med nyheden om
Sunds død.

'Det er tunge tider, Roland.' sagde Asbjørn, den
gamle sømand. Han havde en stærk øl i hånden.

I den anden hånd havde han en bærepose med erstatninger for den stærke øl, skulle flasken pludselig være tom. De fyldte flasker klirrede mod hinanden, for hvert skridt Asbjørn tog.

'Tiderne forandrer sig ikke, fordi en mand som Sunds dør.' svarede Roland. Han havde aldrig forenet sig med tanken om, at folk skulle opnå en særlig status, når de gik hen og døde. De havde velsagtens været de samme mennesker – med deres fejl, mangler og grimme sider, uanset status på deres åndedræt. Asbjørn drak fra den grønne flaske, der blev tømt uden den store anstrengelse. Den gamle sømand rystede flasken et par gange, for at sikre de sidste dråbers rejse ikke endte i bæreposen. Snart efter var den tomme flaske byttet med en fyldt. Roland havde intet behov for alkohol. Han brød sig ikke om smagen, lugten eller resultatet af indtagelse af alkohol. Han levede fint med den folkelige idé om, at man kunne høre sandheden fra fulde mennesker, uden at have behov for at teste pågældende tese.

'Du er en hård mand, Roland. Det har jeg altid sagt!' kom det fra Asbjørn.

Han havde taget en slurk fra den fyldte flaske, og havde fået smurt sit stemmebånd tilstrækkeligt. Roland havde aldrig afvejet hårdheden af sit indre. På ydersiden var han blød, som ethvert andet menneske, men hans inderside havde aldrig været vurderet på noget parameter. Han tænkte, at forskellen på ham og Asbjørn nok var større end de promiller, der lige nu adskilte de to.

'Sunds er død. Han var et menneske og mennesker dør før eller siden. Præcis som alt andet levende.' argumenterede Roland. Han havde ingen forventning til, at Asbjørn ville være enig, give ham ret eller forstå, hvor Roland kom fra. Sådan var samtalerne med Asbjørn aldrig.

'Første gang jeg mødte dig, Roland..'

Asbjørn gik på pause i samtalen, men ikke for tidligere nævnte effekt, som den slags ellers kan have for samtaler, men for at tage endnu en slurk fra den hurtigt udtømte flaske.

'...der ville du ikke købe en hat!' fortsatte den gamle sømand.

'Jeg har aldrig gået med hat. Jeg havde intet at bruge en hat til. Det ville have været en tåbelig transaktion for os begge.' svarede Roland. Det var ikke et forsvar af hans handling fra de to herrers første møde, men mere en gennemgang af mødets indhold og udfald.

'Alle mænd, Roland! Alle mænd bør gå med hat!' knurrede Asbjørn. Alkoholen havde taget sit hold i den gamle mand, der nu både lød vred og skuffet. Roland bevarede, som altid, fatningen. Han havde intet problem med hverken vrede eller skuffelse. Det var folks ret at være følelsesmæssigt urimelige, når små ting i deres liv ikke gik, som de havde forventet.

'De var i øvrigt også for små. Dine hatte er altid for små.' forklarede Roland. Han havde ikke længere behov for, at forsvare sin ret af til- eller fravalg af hovedbeklædning, så næste logiske handling måtte være kritik af udvalget.

'Det er fordi, at jeg har købt dem i Thailand!' stønnede Asbjørn. Det var langt fra første gang, at en potentiel kunde havde klaget over størrelserne.

'De er så små dernede. Det er små mennesker!' fortsatte Asbjørn. Han brugte hånden med flasken til, at signalere størrelsen på mennesker fra Thailand for Roland. 'Jeg går stadig ikke med hat.' afsluttede Roland. Debatten var hermed forbi. Nu var der kun tilbage for Asbjørn, at gennemgå ritualet med den tomme flaske, der blev erstattet af en fyldt. 'Jeg kan næsten ikke tro at Sunds er død.' klagede den gamle sømand. Roland havde ikke så meget at tilføje. Nyheden om Sunds død kom fra Asbjørn selv, så der måtte være noget galt med den gamle sømand, hvis han ikke selv troede på historien.

8.
Den lige linje havde givet Roland alt det, som han havde håbet på i livet. Han havde medvind, solskin og et mål med sin tilværelse. Det var alt hvad man kunne ønske sig, som et retskaffent og ærligt menneske. Det havde Rolands mor tit sagt – og som med så meget andet, havde Roland ingen anledning til at tro anderledes.

Han havde mødt så mange mennesker på sin vej. Så mange mennesker, der alle havde problemer af en slags. Problemer, der fra Rolands perspektiv, altid havde rod i menneskets måde at anskue livet på. Man var, i Rolands verden, ikke et dårligere menneske, uanset hvad man ejede, tjente eller kunne i livet. Man var, i Rolands verden, heller ikke et dårligt menneske, hvis man ikke kunne leve op til normer og standarder, der var sat ud fra samfundets meningsdomstole, som igen og igen bragte gode mennesker i knæ. En ung kvinde var Rolands seneste eksempel på meningsdomstolenes magt. Han forstod ikke, hvordan mennesket lod denne type domstole eksistere, men han lod tanken ligge, for han var ikke en del af det samfund. Den unge kvinde havde præsenteret sig selv som Sky. Først troede Roland, at hun havde ment genert og indadvendt, men snart lærte han, at det også kunne være et navn.

'Jeg fik ikke den karakter, som jeg havde behov for, Roland.' sukkede Sky, da de to havde udvekslet navne. Roland var en lille smule skuffet på Skys vegne.

Ikke så meget på grund af, at hun havde taget en prøve, hvor et par mennesker havde vurderet hendes indsats – og bedømt hende derefter. Det havde jo ligesom været en traditionel skik for samfundet gennem mange år. Det havde Roland ingen mening om, for den slags kunne han slet ikke forstå til at begynde med. Roland var til gengæld skuffet over, at Sky pludselig så sig selv i et andet lys, på grund af en enkelt prøve, der ikke var forløbet, som Sky havde håbet på. Han spurgte sig selv, om en person som Sky overhovedet gjorde sig nok umage – og om det var derfor, at hun nu stod med en holdning til sig selv, der var bundet op på resultatet af hendes manglende umage. Det kunne han ikke vurdere, så derfor kommenterede han ikke yderligere i den retning.

'Hvorfor har du behov for en karakter?' spurgte han i stedet. Det var i virkeligheden også et mere relevant spørgsmål.

'Fordi jeg har en drøm.'

Det var et kort svar. Skuffelsen havde stadig et jerngreb om Sky, som hun ikke var helt klar til at slippe.

Roland forstod godt, hvad Sky sagde, men han forstod ikke sammenhængen mellem hendes drøm og nuværende situation.

'Hvorfor kan du ikke få dine drøm indfriet?' spurgte Roland, da han havde tænkt tingene igennem. Han havde forventet endnu en affærdigende reaktion fra Sky, men i stedet accepterede hun Rolands præmis for spørgsmålet.

'Fordi min drøm kræver en bedre karakter. Jeg kan ikke komme videre, når jeg ikke klarer mig bedre i skolen.' svarede hun stille. Roland nikkede. Det var til at forstå. Alligevel vovede han pelsen og spurgte igen.

'Har du kun den ene drøm?'

Hun svarede ikke. De gik bare i stilhed. Han kunne godt lide hendes tempo, der passede perfekt til hvordan han bedst kunne lide at gå den lige linje.

'Nej, jeg har mange drømme, men denne her var rigtig spændende.' svarede Sky efter en tid. Roland lod sig ikke påvirke af hendes svar. Hun havde åbnet for en samtale, som han havde haft mange af. En samtale, som han var god til.

'Men er de andre drømme ikke spændende? Er du ikke meget mere end den ene drøm? Definerer den dig?'

Det var mange spørgsmål. Roland følte, at det også var de rigtige spørgsmål.

'Næh, det er jo bare en enkelt karakter'

'En dør er måske lukket. Måske er andre døre åbnet?' prøvede Roland. Han var normalt ikke den opmuntrende type. I hvert fald ikke på så direkte en måde. Der var bare noget forkert ved, at samfundets meningsdomstol skulle knuse Skys drømme, før end hun overhovedet var kommet ud i livet. Roland forestillede sig Sky, der gik på sin egen lige linje. En linje, hvor hendes drømme blev til virkelighed. Hvor solen skinnede og der altid var medvind. Han kunne sagtens forestille sig, hvordan hun ville klare sig på den lige linje. Han smilede stort. Det var en rar tanke, der kun bekræftede ham i, hvor vigtigt det var for ham, at han kunne fortsætte ud af den lige linje.

'Du har ret, Roland! Den ene drøm er måske udelukket, men jeg er jo ikke udelukket!' udbrød Sky.

Hun smilede til Roland, der allerede var adskillige smil foran hende. De gik i stilhed endnu engang. Det var behageligt for Roland. Han havde en medrejsende på den lige linje, solen skinnede og de havde medvind.

## 9.

De havde gået længe. Det havde været en god tur indtil videre. Roland havde fanget Sky i et smil flere gange, og hver gang løftede det ham endnu mere. Han nærmest svævede over den lige linje, der føltes så rigtig for ham, for hver eneste skridt han tog.

'Hvor lang tid har du gået på den lige linje?' spurgte Sky. Han kunne godt lide hendes nysgerrighed.

'Så længe jeg kan huske.' svarede han stolt.

'Det er meget længe så. Skal du til fest?'

Han trak på smilebåndet endnu engang.

'Hvorfor spørger du?'

'Fordi du er så pæn i tøjet. Er du altid så pæn?'

Han rettede på skjorten i refleks, som man nu gør, når ens påklædning bliver bemærket.

'Jeg ved ikke, om jeg er pæn. Jeg prøver bare at være ordentlig i tøjet.' svarede Roland.

'Du er i hvert fald pæn. Har du altid gået alene på den lige linje?'

Roland rømmede sig. Han var klar til at holde en længere tale, om alle de mennesker, som han havde mødt på sin vej.

'Jeg mener…'

Hun holdt en kunstpause for at tage mod til sig.

'…savner du ikke nogen at dele det med?' fortsatte Sky.

'Jo, altså…'

Han var ikke helt sikker på, hvordan han kunne formulere sig. Han ville ikke sige noget dumt, der fik ham til fremstå selvglad, men sandheden var jo, at han nød turen langs den lige linje. Den havde aldrig svigtet ham – og havde alle dage været hans holdepunkt i tilværelsen.

'Er det ikke bare sådan, at dette her er din drøm? Dette her er dit potentiale? Her hvor du er den bedste Roland, som du overhovedet kan være?'

Hun overrumplede ham. Han havde nær gjort holdt for første gang, siden han begyndte sin rejse på den lige linje. Hans hjerne famlede efter de rigtige ord.

'Du behøver ikke svare, Roland. Det er ikke vigtigt hvad jeg ser, når jeg ser på dig. Det er vigtigt, hvad *du* ser, oplever og sanser. Når alt kommer til alt, vælger vi selv hvad der gør os glade.'

Hun smilede op til ham. Han smilede tilbage, for han havde stadig ikke fundet de rigtige ord.

'Vi snakkes, pæne Roland i det ordentlige tøj!'

Hun vinkede til ham. Han vinkede tilbage. Snart var Sky væk fra den lige linje.

10.

Roland gik i stilhed meget længe. Det passede ham glimrede, for hans mod på den lige linje havde aldrig været større. Han elskede sit liv, sin tilværelse og den retning han var på vej i. Der var ingen, der fulgte med ham. Der var ingen, der spurgte til ham. Han gik bare.

'Man kan ikke få ungdommen tilbage, kære Roland.'

Den falske Linnea var tilbage. Det overraskede ikke Roland. Han havde forventet hendes ankomst, allerede da han havde startet sin samtale med Sky. Den falske Linnea var misundelig.

Hun havde, fra afstand, oplevet Roland i sit allerbedste humør. Hun havde, fra distancen, kunnet mærke hans glæde, entusiasme og eufori over mødet med Sky. Det havde generet hende, tænkte Roland.

'Jeg har ikke brug for min ungdom. Jeg har stadig min alderdom, falske Linnea.' svarede Roland med ro i stemmen. Han hvilede i sig selv på en helt ny og anderledes måde. Han var ikke alene på den lige linje. Sky var der, et eller andet sted, og hun ville komme efter ham – og dermed holde den lige linje levende og i hævd.

'Er du sikker på det? Er du sikker på, at hun kommer efter dig?' drillede falske Linnea.

'Det er jeg helt sikker på. Jeg kunne mærke livet i hende, falske Linnea. Jeg kunne mærke fremtiden for den lige linje. Hun får en lige linje, der er endnu bedre end min.' konstaterede Roland.

Den falske Linnea gik side om side med Roland. Hun sagde ikke noget. Roland havde heller ikke mere at sige om Sky, den lige linje eller fremtiden.

'Jeg har tilgivet dig!' sagde Roland, da de havde gået i et stykke tid.

Den falske Linnea løftede blikket fra den lige linje, som hun brugte som rettesnor, for at kunne følge med Roland.

'Tilgivet mig? Jeg troede, at jeg skulle tilgive dig.' kom det blidt. Roland blinkede et par gange. Han havde tænkt meget på Linnea. Rigtig meget. Han havde også tænkt på falske Linnea og hvad hun mon ville ham. Han var kommet frem til, at hun måske søgte tilgivelse. At hun måske manglede sjælefred, så hun kunne finde hvile, hvor end hun var begravet? Hvor end hun befandt sig, havde hun slet ikke haft brug for tilgivelse. Måske var det ham, Roland, der alle de år havde søgt tilgivelse? Han kunne ikke blive klog på tankerne, så han lagde dem fra sig. Den falske Linnea var væk, så Roland formodede at den sag nu var klaret. Ingen vidste, hvornår noget begyndte – og slet ikke, hvornår det sluttede igen. Livet er noget, som man må acceptere uanset hvad, havde Rolands mor sagt. Han smilede. Heldigvis havde han medvind, solen skinnede og den lige linje lå foran ham…

**Af samme forfatter:**

Besat

Michael Sørensen